Anne Frank

Título original *Anne Frank*
Texto © Josephine Poole, 2005
Ilustrações © Angela Barrett, 2005

1ª edição Random House Children's Books, 2005

Assinatura de Anne Frank © Getty Images, Hulton Archive

A SM Educação agradece à Record por gentilmente ceder o direito de reprodução na página 7 de um trecho extraído de *O diário de Anne Frank*, Anne Frank; tradução de Ivanir Alves Calado, Rio de Janeiro: Record.

Coordenação editorial Cláudia Ribeiro Mesquita e Graziela Ribeiro dos Santos
Preparação Alexandre Feldman
Revisão Daniela Bessa Puccini
Produção industrial Alexander Maeda
Impresso na China

Dados Internacionais de Catalogação na Publicação (CIP)
(Câmara Brasileira do Livro, SP, Brasil)

Poole, Josephine
Anne Frank / Josephine Poole (texto); Angela Barrett (ilustrações); [tradução Marcelo Pen]. — São Paulo: Edições SM, 2005.

Título original: Anne Frank
Biografia.
ISBN: 978-85-98457-51-2

1. Crianças judias no Holocausto - Holanda - Amsterdã - Biografia - Literatura infantojuvenil 2. Crianças judias no Holocausto - Holanda - Amsterdã - Obras ilustradas - Literatura infantojuvenil 3. Frank, Anne (1929-1945) - Obras ilustradas - Literatura infantojuvenil 4. Holocausto judeu (1939-1945) - Holanda - Amsterdã - Biografia - Literatura infantojuvenil 5. Holocausto judeu (1939-1945) - Holanda - Amsterdã - Obras ilustradas - Literatura infantojuvenil 6. Judeus - Holanda - Amsterdã - Biografia - Literatura infantojuvenil I. Barrett, Angela. II. Título.

05-0056 CDD-028.5

Índices para catálogo sistemático:
1. Crianças judias : Holocausto judeu : Biografia : Literatura infantojuvenil 028.5
2. Holocausto judeu : Crianças judias : Biografia : Literatura infantojuvenil 028.5

1ª edição brasileira abril de 2005
15ª impressão 2024

SM EDUCAÇÃO
Avenida Paulista 1842 – 18ºAndar, cj. 185, 186 e 187 – Cetenco Plaza
Bela Vista 01310-945 São Paulo SP Brasil
Tel. (11) 2111-7400
atendimento@grupo-sm.com
www.smeducacao.com.br

Anne Frank

Josephine Poole

Ilustrações Angela Barrett
Tradução Marcelo Pen

sm

Vejo nós oito, no Anexo, como se fôssemos um retalho de céu azul rodeado por nuvens negras e ameaçadoras. O trecho perfeitamente redondo onde estamos ainda é seguro, mas as nuvens se aproximam, e o círculo entre nós e o perigo que se aproxima está cada vez se apertando mais. Estamos rodeados por escuridão e perigo, e, em nossa busca desesperada de uma saída, vivemos nos chocando um contra os outros. Olhamos as lutas lá embaixo e a paz e a beleza lá em cima. Enquanto isso, somos cortados pela massa de nuvens, de modo que não podemos subir nem descer. Ela paira diante de nós como uma parede impenetrável, tentando nos esmagar, mas ainda não conseguindo. Só posso chorar e pedir: "Ah, círculo, círculo, abra e nos deixe sair!"

Noite de Segunda-Feira, 8 de Novembro, 1943

O diário de Anne Frank

A história de Anne Frank é, inicialmente, a de uma garotinha comum, que poderia sentar-se a seu lado, na sala de aula. Ela tinha olhos grandes, expressivos e cabelos escuros e encaracolados. Era alegre e popular, sempre cercada de amigos.

Na maior parte do tempo, Anne sentia-se a pessoa mais feliz do mundo. Mas, às vezes, tinha medo. Havia uma boa razão para isso: naquela época, Adolf Hitler governava a Alemanha, e ele jurara eliminar os judeus.

Anne Frank era uma judia alemã.

~

Anne nasceu em Frankfurt, no dia 12 de junho de 1929. Desde aquele momento, parecia ter muitas coisas para dizer. Ela chorava muito! Quando sua irmã Margot espiava o berço, não conseguia parar de rir. Anne tinha um chumaço de cabelo escuro e suas orelhas eram pontudas como as de um duende.

A família de Anne era privilegiada. Eles tinham dinheiro. Seu pai tinha um emprego. Mas na Alemanha de então, a vida era uma batalha penosa para a maioria das pessoas.

As outras nações culpavam a Alemanha pela eclosão da Primeira Guerra Mundial, e o país precisava desembolsar elevadas quantias para compensar toda a destruição causada. Era um fardo duro. Dez anos após o final da guerra, a Alemanha estava desesperadamente pobre.

O número de desempregados era enorme. Muitas pessoas não tinham o suficiente para comer. E todos se lembravam de como a Alemanha tinha sido rica e poderosa no passado — uma das maiores nações do mundo. Por isso, os alemães sentiam-se cada vez mais descontentes e miseráveis. Eles queriam culpar alguém. Foi quando as coisas começaram a mudar, e de um modo assustador, para os judeus.

Havia um homem chamado Hitler — um homenzinho empertigado, de bigode — que falava muito e fazia grandes promessas. Multidões aglomeravam-se ao seu redor. Eram pessoas sem dinheiro e sem esperança. É claro que elas se entusiasmavam quando ele prometia tornar a Alemanha um país rico e forte de novo!

Hitler odiava os judeus e não se importava em inventar um monte de mentiras sobre eles. De quem era a culpa pelos problemas por que a Alemanha passava? Hitler tinha a resposta. Ele acusava os judeus de pegar os melhores empregos, de tirar o pão da boca dos trabalhadores. Para ele, isso não era justo, porque os alemães eram especiais — a melhor raça do mundo!

Cada vez mais e mais pessoas se juntavam para ouvi-lo, e para votar no partido nazista de Hitler. No início, não havia nenhuma ameaça. Não existia nada além de uma fagulha. Mas a fagulha tornou-se uma chama e essa chama converteu-se num incêndio que se alastraria por toda a Europa antes de ser extinto.

Havia muitas formas de fazer os judeus sentirem-se indesejáveis e amedrontados, até mesmo os mais novos.

Nas escolas, as crianças começaram a identificar os judeus. Algumas zombavam e até maltratavam seus colegas. Era muito doloroso para as crianças judias serem empurradas e xingadas por meninos e meninas que antes tinham sido seus amigos. Logo eles tiveram de se sentar em um canto afastado na sala de aula.

O mundo dos adultos era pior. As pessoas paravam de falar com os vizinhos judeus. Seus estabelecimentos comerciais eram vandalizados. Os judeus eram importunados nas ruas e chegavam a ser surrados por jovens paramilitares que pertenciam à SA, a temida tropa de choque a serviço de Hitler e dos nazistas. Se tentassem se defender, eram perseguidos, capturados e presos.

No começo, os judeus ficaram perplexos com todo esse ódio. Depois, ficaram assustados. Muitos abandonaram a Alemanha. Preocupado com a família, o Sr. Frank encontrou trabalho na Holanda e um apartamento barato para todos em Amsterdã.

Anne ficou com a avó durante a mudança. No oitavo aniversário de Margot, ela juntou-se à família de novo. Que surpresa! Lá estava a pequenina Anne, sentada como um gnomo no topo dos presentes de Margot!

No prédio onde a família Frank morava, havia um jardim. As crianças do quarteirão brincavam ali nos dias de tempo bom, plantando bananeira, escondendo-se atrás dos arbustos, andando de patins e pulando na calçada. Quando queriam chamar seus amigos, não batiam na porta ou tocavam a campainha. Elas assobiavam uma melodia especial. Anne era a única que não sabia assobiar e, portanto, tinha de cantar.

Numa manhã de inverno, Anne foi ao escritório de seu pai, onde conheceu Miep, a secretária dele. Ela ajudou a menina a tirar seu casaco branco de pele e lhe deu um copo de leite. Ela ensinou-a a bater à máquina. Anne era exatamente o tipo de garotinha esperta que Miep gostaria de ter como filha!

Miep nunca imaginaria que um dia a sobrevivência da família Frank estaria em suas mãos, mas ela se apegou a Anne imediatamente.

Anne e Margot estudavam em escolas diferentes. Foi uma boa solução porque Anne gostava de fazer travessuras na sala de aula, muito diferente de sua irmã estudiosa! Para Anne, nada era melhor do que contar piadas e fazer caretas, de modo que todos, até mesmo os professores, caíam na gargalhada.

As amigas gostavam de visitar as duas irmãs, pois a Sra. Frank preparava pratos deliciosos. Mas quando o Sr. Frank juntava-se ao grupo, era ele o astro! Ele sempre tinha uma história engraçada para contar, ou um jogo recém-inventado para ensinar. Todas as crianças o adoravam.

Mas ninguém conseguia esquecer a campanha de ódio de Hitler. Àquela altura, muitos judeus alemães tinham fugido para Amsterdã. Os Frank ouviam ansiosos suas histórias terríveis: relatos de agressões constantes e de campos de concentração onde os alemães prendiam as pessoas, fazendo-as trabalhar para eles.

Agora, o poderoso exército de Hitler estava em marcha. A Grã-Bretanha e a França haviam declarado guerra aos alemães, mas as tropas germânicas continuaram avançando. Em pouco tempo, os holandeses presenciaram, indefesos, a chegada dos soldados alemães marchando por Amsterdã.

Mais uma vez, os judeus foram agredidos de forma cruel, e os holandeses logo aprenderam que era arriscado defendê-los.

Todos os judeus com mais de seis anos de idade foram forçados a usar uma grande estrela amarela com a palavra *Judeu* inscrita nela. Mesmo as crianças pequenas podiam ser proibidas de frequentar lugares públicos como parques, cinemas e piscinas.

Anne adorava ver filmes. Agora sua presença não era mais permitida nas salas de cinema. Ela teve de contentar-se com a coleção de fotos e cartões-postais de atrizes e atores famosos. Isso ninguém iria tirar dela!

Era tarde demais para fugir para outro país. E as coisas só poderiam piorar.

Norma SHEARER
Leslie HOWARD
ROMEO and JULIET
JOHN BARRYMORE
Jood
Jood
Jood

O Sr. Frank trabalhava num prédio alto, nas margens do canal. Alguns dos cômodos nos fundos do andar de cima estavam vazios. Pouco a pouco, com cuidado, secretamente, ele transportou mobília e mantimentos para esse anexo e providenciou um banheiro com a instalação de uma privada e uma pia. Se o pai de Anne ou seus corajosos ajudantes holandeses fossem descobertos, a punição teria sido muito dura.

Mas tudo correu bem. Agora ele estava pronto para enfrentar o problema, que logo se apresentaria.

Margot tinha dezesseis anos. Num dia de verão, em 1942, chegou uma carta, convocando-a para o trabalho obrigatório. Isso significava trabalhar para os alemães. Era provável que sua família não a visse nunca mais.

Eles tinham de desaparecer rapidamente. Os pais de Anne e Margot pediram que as duas separassem suas coisas mais queridas, aquelas que não pudessem ser abandonadas de jeito nenhum. Com o coração aos pulos, Anne enfiou numa bolsa seus bens mais valiosos — livros de escola, cartas, escova e bobes, mas, acima de tudo, o diário que ganhara em seu último aniversário. Ela espremeu tudo lá dentro com as mãos trêmulas e desajeitadas.

Na manhã seguinte, bem cedo, ela vestiu com dificuldade várias meias-calças, coletes, dois pares de meia, um vestido, saia, casaco, capa de chuva, sapatos resistentes, um chapéu e um cachecol. Era o único modo de transportar suas roupas. Qualquer judeu carregando uma mala despertaria suspeita.

A família Frank abandonou o apartamento, deixando camas desfeitas, pratos sujos na pia e um endereço falso escrito num pedaço de papel, para enganar os vizinhos. Anne se despediu de Moortje, sua adorável gatinha. Ela chorou amargamente. Não sabia quando a veria de novo!

Miep esperava por eles no escritório do Sr. Frank. Rápida e silenciosamente, eles a acompanharam por um longo corredor, subiram uma escada de madeira e atravessaram uma porta cinzenta que dava para o anexo secreto.

Anne olhou em torno, atônita. Seu pai tinha organizado aquilo. Pensara em tudo e nunca dissera uma palavra! Mas que bagunça! Caixas e engradados, empilhados e amontoados. A Sra. Frank e Margot simplesmente desabaram nas camas diante daquela cena, exaustas por causa do pânico e da tensão. Então Anne e seu pai começaram a pôr ordem nas coisas.

Daquela manhã em diante, dia após dia, semana após semana, eles foram obrigados a permanecer escondidos. Sempre que tinha alguém no prédio, precisavam ficar muito quietos no anexo. Não podiam sequer abrir a torneira ou dar a descarga. Viviam sob o perigo constante de serem descobertos e denunciados à polícia. Como eles ansiavam pelas visitas de Miep, depois que os funcionários iam embora! Ela sempre chegava sorridente, com notícias do que estava ocorrendo, trazendo jornais e livros para passar o tempo, além de algumas compras.

Ficar em silêncio o dia todo era quase insuportável para alguém como Anne!

O relógio da igreja vizinha a confortava. Ele repicava a cada quinze minutos, lembrando-lhe que havia um mundo lá fora, onde crianças iam para a escola, brincavam juntas e não viviam aterrorizadas com medo de serem vistas ou ouvidas.

Outro casal mudou-se para o anexo com seu filho, Peter. Agora eram sete pessoas escondidas no apertado esconderijo. Oito, quando acolheram mais um. Não era de se admirar que se irritassem uns com os outros!

Anne era a mais nova e foi quem mais sofreu. Era inteligente e criativa, inquieta e sensível. Crescer nunca teria sido fácil para ela. Achava que a responsabilizavam por tudo que dava errado no anexo, ao passo que ninguém criticava Margot. Anne amava o pai mais do que qualquer outra pessoa, mas mesmo ele, às vezes, a censurava e isso ela não podia suportar. Costumava chorar à noite na cama.

Anne precisava desesperadamente encontrar uma pessoa com quem pudesse conversar, alguém que a compreendesse. Não podia ser Margot, nem Peter, que era preguiçoso e mimado. Ela não gostou dele nem um pouco no início. Anne recorreu ao diário, seu diário de cartas para a "Querida Kitty", uma menina que conhecera anos antes. Ali, passou a registrar até mesmo os pensamentos mais íntimos, porque Kitty nunca os leria, por isso não havia razão para inventar. O diário era o seu segredo mais precioso.

Ela descreveu a vida no anexo, as discussões e os dramas. Falou de seu amor pela natureza, que para ela resumia-se a um trecho de céu e à copa da castanheira que avistava da janela do sótão. Anne escreveu sobre o medo, o medo aterrorizador.

Seus sentimentos por Peter mudavam à medida que ela crescia. Anne começou a entender o rapaz. Assim que o carinho entre eles cresceu, ela passou a escrever sobre o amor e a esperança.

Quando completou o livrinho, Miep lhe trouxe mais papel.

JAM

Toda noite alguém descia sorrateiramente até o antigo escritório do Sr. Frank para ouvir o rádio. Às vezes, Anne ia até a janela e espiava pelas cortinas. Era estranho observar as pessoas na rua, como se ela usasse um manto mágico dos contos de fadas, que a tornava invisível. Todos andavam apressados, ansiosos, com roupas que pareciam muito surradas. A própria Anne vestia-se como um espantalho e não podia fazer nada a respeito!

A Alemanha estava perdendo a guerra. Quando anoitecia, esquadras de aviões de bombardeio cortavam o céu, em sua rota de ataque às cidades alemãs. A noite pulsava com o barulho sombrio das aeronaves. Se o anexo fosse bombardeado, todos lá dentro morreriam.

Mas agora Anne estava — quase — apaixonada por Peter. Ela ficava feliz só de sentar-se ao lado dele no sótão, sentindo o conforto de seus braços. Os dois conversavam sobre o que pretendiam fazer depois que a guerra chegasse ao fim. Às vezes, porém, ficavam sentados ali, sem falar nada, enquanto outro dia terminava e a luz lentamente desaparecia no céu. Era um amor tão doce e frágil quanto as flores da castanheira do outro lado da janela.

É provável que os moradores do anexo estivessem menos cuidadosos agora que o fim da guerra se aproximava. Pois alguém percebeu algo e os delatou.

Alguém reivindicou a recompensa suja que os alemães pagavam por cada judeu apanhado.

O pesadelo aconteceu.

Os golpes e as batidas da invasão. Botas na escada. Homens brutos de uniforme e armas em punho. Eles se viram encurralados. Não havia para onde correr, não havia onde se esconder...

E, então, o espaço súbito, a luz e o ar repentinos, chocantes para pessoas que se mantiveram confinadas por mais de dois anos.

Em 4 de agosto de 1944, os oito refugiados foram presos. O anexo sofreu uma batida policial e foi saqueado.

Quando Miep subiu ao andar superior naquela noite terrível, deparou com uma imensa desordem. O diário de Anne estava espalhado pelo chão. Miep o recolheu e o escondeu em uma gaveta, na esperança vã de que a família retornasse.

Mas o Sr. Frank foi o único a voltar após o fim da guerra. Ele nunca mais viu sua mulher e filhas. Sabia que a esposa estava morta, mas tinha esperanças quanto a Anne e Margot.

Infelizmente elas morreram de tifo num campo de concentração alemão. Quando a notícia chegou, o Sr. Frank foi até o escritório e sentou-se na cadeira de sua escrivaninha. Sentiu-se completamente sozinho. Nada mais lhe restava.

Mas Miep lembrou-se do diário. Ela mostrou-o ao Sr. Frank, dizendo:

— É para o senhor... De sua filha Anne.

Anne Frank não passava de uma menina, e sua vida breve havia chegado ao fim.

Mas sua história estava apenas começando.

O que aconteceu com o diário de Anne após a guerra?

Os amigos de Otto Frank o incentivaram a publicar o diário de Anne e a primeira edição de *O anexo secreto*, como foi chamado, saiu pela editora Contact, na Holanda, em junho de 1947, com uma tiragem de mil e quinhentos exemplares. Em 1950, o livro foi traduzido pela primeira vez na Alemanha e, em 1952, na Grã-Bretanha e nos Estados Unidos. Em 1955, *O diário de Anne Frank* foi encenado pela primeira vez no teatro, e em 1959 realizou-se o primeiro filme baseado na obra. O prédio onde Anne escondeu-se por mais de dois anos foi transformado em um museu e abriga o diário original da menina. Quase um milhão de pessoas visita a Casa de Anne Frank todos os anos. A entrada da residência fica no centro de Amsterdã, na rua Prinsengracht, 267.
Estas são as informações para contatar o museu:

Anne Frank House
P.O. Box 730
1000 AS Amsterdam
The Netherlands
Telefone: +31 (0) 20 - 5567100
Fax: +31 (0) 20 - 6207999
Website: www.annefrank.org

Hoje, *O diário de Anne Frank* é uma das obras mais lidas no mundo. Com mais de vinte e cinco milhões de cópias vendidas, foi traduzido para mais de sessenta idiomas.

Cronologia

1918

11 de novembro — A Alemanha assina o Armistício (tratado de paz) em Compiègne, França, encerrando a Primeira Guerra Mundial.

1920

Abril — O Partido Trabalhista Alemão (fundado em 5 de janeiro de 1919) torna-se o Partido Nacional-Socialista dos Trabalhadores Alemães, ou NSDAP. O termo nazista é uma abreviação do *Nationalsozialismus* (nacional-socialismo) alemão.

1921

29 de julho — Adolf Hitler é eleito *Führer* do Partido Nazista (ele recebe 543 votos a favor e apenas um contra).

1925

12 de maio — Otto Frank casa-se com Edith Holländer, em Aachen, Alemanha.

1926

16 de fevereiro — A filha mais velha do casal, Margot Betty, nasce em Frankfurt, Alemanha.

1929

12 de junho — Nasce Anneliese Marie (Anne).

1930

14 de setembro — O Partido Nazista torna-se o segundo maior do Parlamento alemão, depois de receber seis milhões de votos nas eleições.

1932

31 de julho — Os nazistas recebem 37,3% dos votos nas eleições.

1933

A Juventude Hitlerista e a Liga das Moças Alemãs são oficialmente estabelecidas como organizações de jovens para crianças e adolescentes entre dez e dezoito anos.

30 de janeiro — Hitler é nomeado Chanceler da Alemanha.

Fevereiro — A liberdade de expressão é suspensa pelos nazistas.

Março — Dachau, o principal campo de concentração para prisioneiros políticos, é construído.

Abril — É criada a Gestapo (polícia secreta). Os nazistas declaram boicote aos estabelecimentos comerciais de proprietários judeus e proíbem que pratiquem qualquer profissão relacionada à medicina ou ao direito. Uma lei excluindo não arianos remove judeus do governo e de cargos de docência.

10 de maio — Livros escritos por judeus e pelos considerados inimigos políticos do Estado nazista são queimados em manifestações por toda a Alemanha.

14 de julho — Hitler proscreve todos os partidos políticos, exceto o Partido Nazista.

Setembro — A família Frank decide fugir da Alemanha. As filhas ficam com a avó, em Aachen, enquanto Otto Frank vai para a Holanda.

Dezembro — Margot se muda para a Holanda.

1934

Fevereiro — Anne junta-se à família na Holanda.

2 de agosto — Hitler unifica os cargos de presidente e chanceler e se torna "*Fuhrer* e Chanceler do *3º Reich*", abolindo a posição de presidente.

1936

7 de março — Os alemães marcham sobre a região do Reno (uma zona desmilitarizada na fronteira com a França), ocupando-a.

1938

12 de março — Os alemães invadem a Áustria.

9-10 de novembro — A Noite dos Cristais: estabelecimentos comerciais judaicos e sinagogas são saqueados e destruídos na Alemanha e na Áustria por gangues nazistas.

1939

15 de março — A Alemanha anexa a Tchecoslováquia.

1º de setembro — A Alemanha invade a Polônia.

3 de setembro — Grã-Bretanha e França declaram guerra à Alemanha nazista.

1940

10 de maio — A Alemanha ocupa a Holanda.

1941

25 de fevereiro — Holandeses fazem greve em Amsterdã contra a brutalidade nazista aos judeus.

4 de junho — A liberdade de ir e vir dos judeus é restringida na Holanda.

22 de junho — A Alemanha ataca a União Soviética (Operação Barbarossa).

16 de julho — Miep, secretária de Otto Frank, casa-se com Jan Gies, assistente social e membro das forças clandestinas holandesas.

11 de dezembro — A Alemanha declara guerra aos Estados Unidos.

1942

9 de janeiro — As crianças judias são proibidas de frequentar escolas públicas na Holanda.

1º de junho — Todos os judeus residentes na Holanda maiores de seis anos são forçados a usar a Estrela de Davi amarela.

12 de junho — Os pais de Anne lhe dão um diário em seu aniversário de treze anos.

14 de junho — Anne realiza sua última festa de aniversário.

30 de junho — Os nazistas introduzem um toque de recolher, às oito horas da noite, para todos os judeus na Holanda.

5 de julho — Margot é convocada para o trabalho obrigatório.

6 de julho — A família Frank refugia-se no anexo secreto.

15 de julho — Os alemães começam a deportar os judeus holandeses para o campo de concentração de Auschwitz-Birkenau, na Polônia.

15 de setembro — Os estudantes judeus são proibidos de cursar universidade.

1944

20 de julho — Hitler escapa por um triz de ser assassinado.

4 de agosto — O anexo sofre batida policial depois de um telefonema anônimo denunciar o esconderijo.

8 de agosto — A família Frank é enviada para um campo de triagem, em Westerbork, Holanda.

25 de agosto — Paris cai nas mãos dos Aliados.

3 de setembro — A família Frank é conduzida a Auschwitz--Birkenau em um vagão de gado vedado. É o último transporte a deixar Westerbork.

4 de setembro — As tropas aliadas entram em Bruxelas.

6 de outubro — Margot e Anne são transferidas para o campo de concentração de Bergen-Belsen, na Alemanha.

1945

6 de janeiro — A mãe de Anne, Edith, morre em Auschwitz-Birkenau.

Fevereiro/Março — Com um dia de intervalo, Anne e Margot morrem de tifo em Bergen-Belsen.

30 de abril — Hitler suicida-se em Berlim.

7 de maio — A Alemanha se rende.

3 de junho — Otto Frank volta para Amsterdã, onde reencontra Miep e Jan Gies.

1947

25 de junho — A primeira edição do diário de Anne é publicada na Holanda pela editora Contact, com uma tiragem de mil e quinhentos exemplares.

1953

10 de novembro — Otto Frank casa-se com Elfriede Geiringer--Markovits e vai morar em Birsfelden, Suíça.

1957

3 de maio — A Fundação Anne Frank é criada em Amsterdã.

1960

3 de maio — O prédio onde Anne e sua família esconderam-se por dois anos é transformado em museu.

1980

19 de agosto — Otto Frank morre, aos noventa e um anos.

Josephine Poole escreveu seu primeiro livro para crianças em 1961 e, desde então, não parou mais, tornando-se renomada autora de obras infantojuvenis. Ela mora em Somerset, Inglaterra.

Angela Barrett começou sua carreira de ilustradora de livros infantis logo após se formar, em 1980, pela Royal College of Art e já recebeu prêmios importantes. Angela vive em Londres, Inglaterra.

Marcelo Pen é editor, crítico literário, tradutor e professor doutor em Teoria Literária e Literatura Comparada (USP).

FONTE Centaur MT PAPEL Couché 120 g/m²